Cherche le coupable

avec SHERLOCK HOLMES

Textes : Sandra Lebrun

Illustrations : Loïc Méhée

Larousse Jeunesse

SOMMAIRE

LES 10 ENQUÊTES INÉDITES

LES PERSONNAGES

Sherlock Holmes
détective privé

Docteur Watson
l'ami de toujours

Voyou
le chien détective

SHERLOCK HOLMES ET SON AMI LE DOCTEUR WATSON ONT BESOIN DE TOI !

Pour les aider, résous les énigmes en suivant les 5 étapes :

Étape 1 : observe la grande scène.

Étape 2 : essaie de répondre à chaque question des détectives.

Étape 3 : écris l'indice que tu as trouvé.

Étape 4 : aide-toi des notes du docteur Watson pour vérifier que tu as trouvé le bon indice.

Étape 5 : rassemble tes indices pour éliminer les fausses pistes et innocenter certains suspects. Plus tu avanceras dans l'enquête et plus tu seras en mesure de démasquer la, le ou les coupables et de résoudre chaque affaire.

ENQUÊTE 1

VOL AU BRITISH MUSEUM

QUI A VOLÉ LE BIJOU DE LA MOMIE ?

Observe la scène et aide Sherlock Holmes, le docteur Watson et Voyou à démasquer le coupable et à retrouver le bijou disparu.

ENQUÊTE 1

SHERLOCK A RASSEMBLÉ LES SUSPECTS.

JUSTIN PTIPEU | JOANNA KONDA | SUZIE GUEZAG | JOHN DEUF | MARGARET TONCHAR

INDICE N°1

Lorsque le gardien a fermé les portes, il y a eu un mouvement de panique. Quelqu'un aurait perdu une chaussure.
À qui n'appartient-elle pas ?

? La chaussure n'appartient pas à un

______________________________.

Elle doit donc appartenir à une ______

______________________________.

Barre une lettre sur deux.

PIAL MY RA DULNOE
ECLHRAOUFSISAUNRTE
IDGE AFREUMOMIE.

____

____

____

____

INDICE N°2

? La personne a également perdu son

_______________________________.

Recompose deux mots avec les lettres soulignées.

JE CHERCHE LES INDICES POUR L'ENQUÊTE AU BRITISH MUSEUM.

____

____

____

INDICE N°3

? _______________________________

a un comportement étrange car _______________

_______________________________.

Barre les lettres sur la trajectoire de chaque flèche.

	↘		↓	↙	
	K	J	A	M	O
	H	T	G	N	D
	E	Z	O	U	F
→	S	U	I	T	H

____

____

____

ENQUÊTE 1

INDICE N°4

Cette personne a des ______________________

qui ont le même ______________________

que le ______________________

de ______________________.

Lis le rébus.

____

INDICE N°5

Le motif le plus représenté

est un ______________________, donc

le bijou a une forme de ______________________.

Relie les points dans l’ordre croissant.

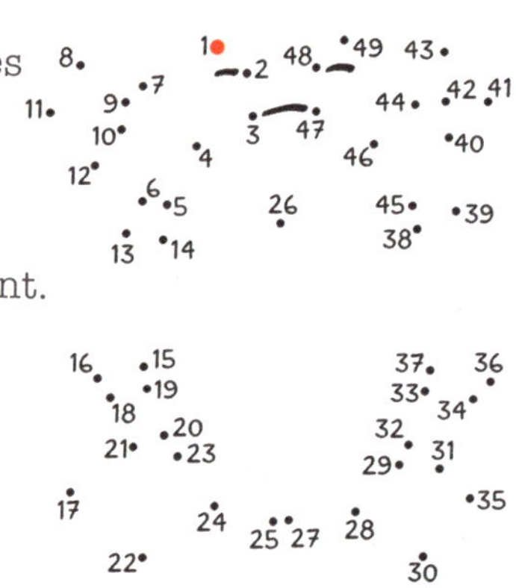

INDICE N°6

? Le bijou est sur le ______________

____

de ______________________.

Écris les mots de la liste dans la grille.

1- SAC
2- CHAUSSURE
3- GARDIEN
4- SUSPECT
5- MOMIE
6- DISPARU
7- BIJOU

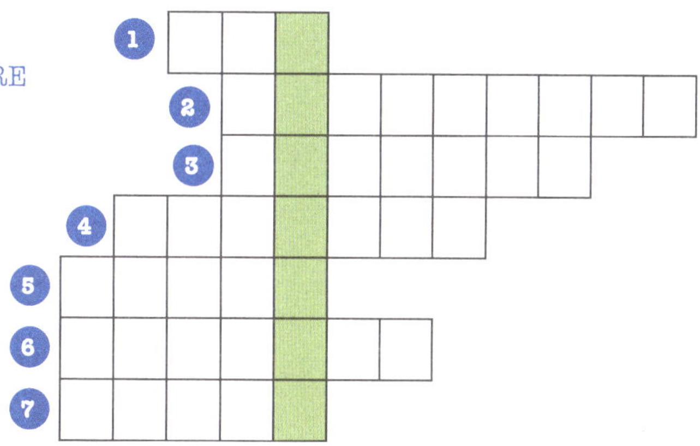

FIN DE L'ENQUÊTE !

D'après tes indices, qui a fait le coup ? ______________ et ______________.

Où as-tu retrouvé le bijou ? ______________________.

Solutions :

Indice n° 1 : Il y a une chaussure de femme.

Indice n° 2 : Un sac.

Indice n° 3 : John Deuf. Son attitude est étrange, car il regarde un mur sur lequel il n'y a rien à voir.

Indice n° 4 : Le motif des gants. (L' - œufs - M' - eau - TI - feu - dé - G' - an). John Deuf a des gants dans sa main qui ont le même motif que le foulard de Suzie Guezag.

Indice n° 5 : Il y a 7 scarabées sur le sarcophage.

Le bijou a une forme de scarabée.

Indice n° 6 : Le bijou est sur le chapeau de Suzie Guezag.

Les coupables sont John Deuf et Suzie Guezag. Le bijou est sur son chapeau.

ENQUÊTE 2

UN IMPOSTEUR AU PALAIS DE BUCKINGHAM

QUI EST VENU AU BAL SANS INVITATION ?

Observe la scène et aide Sherlock Holmes, le docteur Watson et Voyou à démasquer l'imposteur et à trouver ce qu'il a pu dérober.

Sir Sherlock Holmes, docteur Watson, bienvenus au bal. Je ne voudrais pas faire le trouble-fête, mais il me semble qu'un imposteur s'est introduit dans la salle. Malheureusement je l'ai perdu de vue.
Nos invités sont très riches, il serait gênant qu'il soit venu leur dérober quelque objet de valeur...
J'aurais du mal à le reconnaître, mais il y a une chose dont je suis certain, c'est qu'il ne portait pas de moustache.

ENQUÊTE 2

WATSON A RASSEMBLÉ LES SUSPECTS D'APRÈS L'INFORMATION DONNÉE PAR LE MAJORDOME.

SIR ROGER DÉÇOUS | SIR RICHARD PARDEUR | SIR YVAN DELAUR | SIR JACK UZE | SIR JEAN TOURLOUPE

INDICE N°1

D'après le majordome, l'homme est arrivé sans chapeau. Peux-tu te renseigner auprès des serviteurs ?

? ______________________ avait un chapeau, donc on peut l'éliminer.

Remets les lettres de chaque mot dans le bon ordre.

nU esd specusts a dnoné osn ceaphau ne aivrrant.

____

____

____

____

INDICE N°2

? ______________ a été vu en train de danser, donc on peut l'éliminer.

Remplace chaque nombre par la lettre qui correspond dans l'ordre alphabétique : 1 = A, 2 = B...

19.1 3.1.22.1.12.9.5.18.5
16.15.18.20.5 21.14.5 18.15.2.5
22.9.15.12.5.20.20.5

____

____

____

____

INDICE N°3

? On peut éliminer ______________

______________ car une femme est avec lui.

Complète chaque figure pour former une étoile dans un carré : ⊠
Tes traits dessineront des lettres qui révèleront l'indice trouvé par Watson.

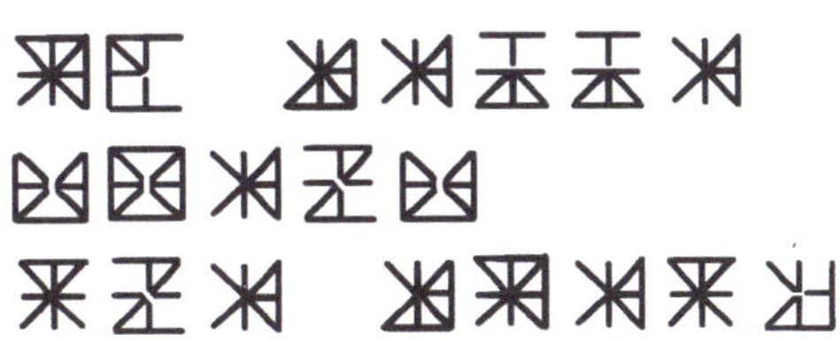

____

____

ENQUÊTE 2

INDICE N°4

? Une personne semble avoir perdu sa

__________________________________.

Superpose les lettres des trois lignes pour découvrir ce que le docteur Watson a repéré.

U. .N. .T. .I. .T. .E. .A. .E. .S. .E
.N. .V. .É. .E. .U. .C. .Î. .C. .S. .
. .I. .I. .T. .N. .N. .H. .N. .A. .É.

____

____

____

INDICE N°5

? ______________________________, donc on peut l'éliminer de la liste des suspects.

Noircis toutes les cases contenant une voyelle pour voir apparaître deux initiales formées par les zones noires.

A	E	I	O	H	I	U	J	Z
U	N	B	A	G	I	L	E	T
Y	E	U	A	G	O	N	S	A
E	B	I	M	S	O	C	E	N
U	F	R	O	V	E	A	K	W

INDICE N°6

Maintenant que nous tenons le coupable, il ne reste plus qu'à savoir où il a caché son butin. Observe attentivement la scène et aide Voyou à le trouver.

La ______________________________

que ______________________________

a dérobée est dans ______________________________

______________________________.

Écris l'identité des cinq suspects à la bonne place, puis relève les lettres des cases colorées pour découvrir ce que le docteur Watson a remarqué.

SIR _ _ _ _ _ _ _ _ _ _ _ _ _ _ / SIR _ _ _ _ _ _ _ _ _ _ _ /
SIR _ _ _ _ _ _ _ / SIR _ _ _ _ _ _ _ _ _ _ _ _ _ _ _ /
SIR _ _ _ _ _ _ _ _ _ _ .

____

FIN DE L'ENQUÊTE !

D'après tes indices, qui est l'imposteur ? ______________________________.

Où est l'objet qu'il a dérobé ? ______________________________.

Solutions :

Indice n° 1 : Un des suspects a donné son chapeau en arrivant. On peut éliminer Sir Jean Tourloupe qui avait un chapeau.

Indice n° 2 : Sa cavalière porte une robe violette. On peut éliminer Sir Jack Uze qui a été vu en train de danser.

Indice n° 3 : La femme tient une fleur. On peut éliminer Sir Richard Pardeur car une femme est avec lui.

Indice n° 4 : Une personne semble avoir perdu sa montre à gousset. Un invité tient une chaîne cassée.

Indice n° 5 : RD. Ce sont les initiales de Roger Dégous. On peut l'éliminer de la liste des suspects.

Indice n° 6 : POCHE. La montre que Sir Yvan Delaur a dérobée est dans sa poche. Il y a une bosse sur le côté de sa veste.

L'imposteur est Sir Yvan Delaur. La montre est dans sa poche.

ENQUÊTE 3

PANIQUE À HYDE PARK

QUI S'EST SAUVÉ SANS PAYER ?

Observe la scène et aide Sherlock Holmes, le docteur Watson et Voyou à trouver le client et à comprendre ce qui s'est réellement passé.

Au voleur ! Au voleur !
On ne m'a pas payé la glace !
ICE CREAM

ENQUÊTE 3

PERSONNE N'A VU CE QUI S'EST RÉELLEMENT PASSÉ. AUCUN SUSPECT N'A PU ÊTRE INTERPELLÉ, IL VA DONC FALLOIR PROCÉDER AUTREMENT, TOUT LE MONDE EST SUSPECT, SAUF... LA MARCHANDE DE GLACES ! ELLE EST NOTRE SEULE TÉMOIN.

LA MARCHANDE DE GLACES

INDICE N°1

? La glace est au ______________________

d'un ______________________.

Découvre ce que le détective a commencé à écrire, sachant que la dernière lettre de chaque mot a été inversée avec la première lettre du mot suivant.

DG ALACE ESP TAT RERRA,
EP UIEL...

____

____

INDICE N°2

Ce premier indice peut nous aider. Vois-tu une piste à suivre ? Si oui, suis-la et dis-moi où elle mène.

? Près de la glace, il y a des ______________________ . En les suivant, on arrive près d'un ______________________ qui tient une ______________________ .

Écris l'initiale de chaque dessin.

____

____

INDICE N°3

Cette personne nous dit qu'elle n'a pas acheté de glace. En tout cas, elle ne pouvait pas être seule. Il faudrait trouver sa ou son partenaire de jeu.

Vois-tu l'autre joueur de badminton ?

? L'autre personne est une ______________________ . Elle tient une ______________________ .

Place le texte devant un miroir pour lire la phrase.

ELLE TIENT UNE RAQUETTE DE BADMINTON.

____

____

____

ENQUÊTE 3

INDICE N°4

? C'est un ______________________________

______________________ qui l'a attrapé.

Colorie chaque zone en suivant le code couleur pour découvrir un indice.

INDICE N°5

? ______________________________ tient

une ______________________________

cassée dans la main.

Barre toutes les lettres qui ne sont pas à la même place sur les deux grilles.

P	U	O	G	N	E
L	V	A	M	I	T
K	S	S	C	A	E

J	U	P	F	N	E
L	F	A	H	I	U
D	S	S	T	G	E

____

____

____

FIN DE L'ENQUÊTE !

Bravo ! L'individu a avoué ne pas avoir payé sa glace. Maintenant que nous avons remonté toute la piste, il faut mettre les indices dans le bon ordre pour comprendre la version du client. Aide Watson à compléter la déclaration.

À ton avis, que s'est-il passé ? La marchande a donné la glace. Le client allait payer quand tout à coup son ______________ a couru pour attraper le ______________ de badminton. Le client n'a pas réussi à retenir son animal de compagnie, il a fait ______________ sa glace et la ______________ s'est cassée. Maintenant il va pouvoir payer la marchande.

Trouve les mots qui correspondent à cette charade et complète l'histoire ci-dessus.

Mon premier est un animal de compagnie.
Mon deuxième est un accessoire pour jouer au badminton.
Mon troisième est le synonyme de chuter.
Mon quatrième s'accroche au collier d'un animal.
Mon tout est la liste des quatre indices remis dans l'ordre.

____

Solutions :

Indice n° 1 : La glace est par terre, au pied… d'un arbre.

Indice n° 2 : Des empreintes de pas. (dé – escargot – soleil – enclume – mouton – pont – radis – empreinte – île – nid – tomate – escargot – seau – dé – enclume – pont – aigle – souris). Elles mènent vers un homme qui tient une raquette.

Indice n° 3 : L'autre personne est une femme. Elle tient une raquette de badminton.

Indice n° 4 : Un chien. C'est un chien qui l'a attrapé.

Indice n° 5 : Une laisse. Un homme tient une laisse cassée dans la main.

Fin de l'enquête : Chien – volant – tomber – laisse.

La marchande a donné la glace. Le client allait payer quand tout à coup son chien a couru pour attraper le volant de badminton. Le client n'a pas réussi à retenir son animal de compagnie, il a fait tomber sa glace et la laisse s'est cassée. Maintenant il va pouvoir payer la marchande.

ENQUÊTE 4

SCANDALE CHEZ L'ANTIQUAIRE

QUI SONT LES ARNAQUEURS ?

Observe la scène et aide Sherlock Holmes, le docteur Watson et Voyou à trouver les bons détails pour démasquer les faussaires.

Menteeeur !

ENQUÊTE 4

WATSON A RASSEMBLÉ LES PERSONNES ACCUSÉES D'ÊTRE DES ARNAQUEURS, DES MENTEURS OU DES VOYOUS...

ARMAND TEUR | CANDY RATON | LARA RENAK | GÉRARD ISSIME | JESSICA CHETTE

INDICE N°1

? Il y a un ____________ derrière le ____________.

Donc ce qu'elle dit est ____________.

Relie les points dans l'ordre croissant pour découvrir de quoi parle le détective.

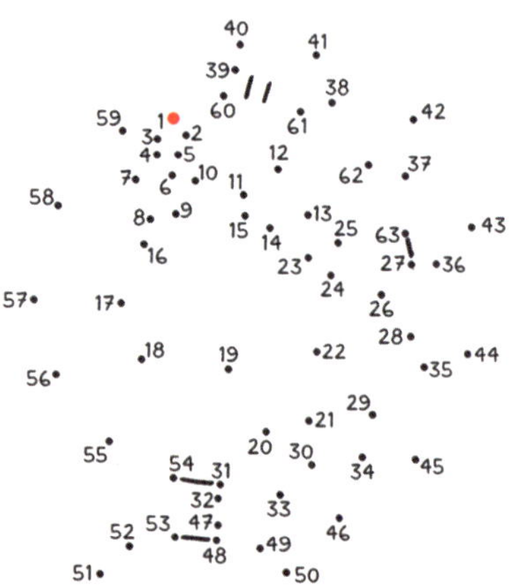

INDICE N°2

Le ______________________ de l'antiquaire a le ______________________ ouvert. Il n'a pas de ______________________.

Donc ce qu'elle dit est ______________________.

Barre tous les sons parasites qui se répètent pour lire ces mots.

LCOCOE
COCOPECOCORROCOCOQUCOCOET
COCODCOCOE
LCOCO'COCOANCOCOTCOCOIQCOCOUACOCOIRE.

____

____

INDICE N°3

Sur un ______________________ on voit que la reine ______________________.

Donc ce qu'il dit est ______________________.

Chaque mot est écrit à l'envers, écris-les à l'endroit.

nU uaelbat etnesérper
al enier el ruoj
ed nos tnemennoruoc.

____

____

ENQUÊTE 4

INDICE N°4

La date inscrite sur le livre est ____________. Ce livre a été écrit au ______________________ siècle. Donc ce qu'il dit est ______________.

La page a été malencontreusement déchirée. Trouve la place de chaque morceau pour découvrir la phrase.

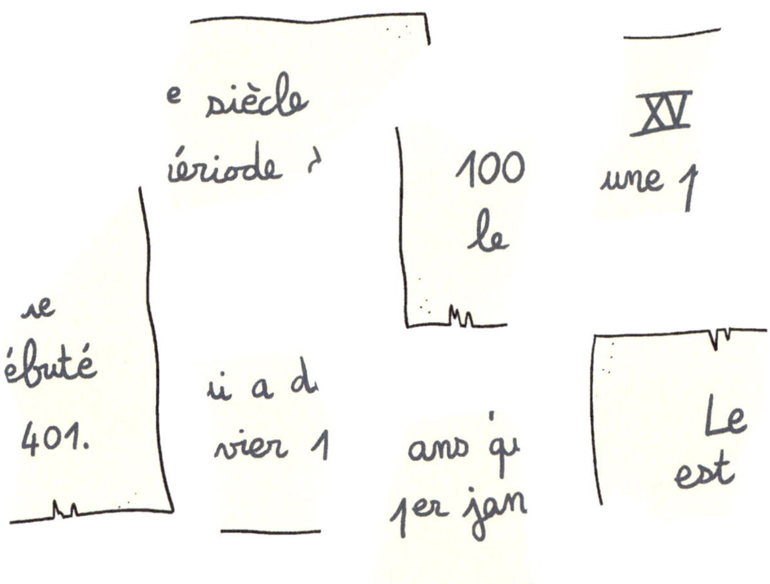

____

____

INDICE N°5

Sur le tableau il y a ______________________.

Cet objet ______________________ au Moyen Âge.

Donc ce qu'elle dit est ______________________.

Barre une lettre sur deux.

SUPN ODLEHS ZOFBQJVEYTMS
ANI'ELXRIYSBTLAQIFT RPTANS MÀQ
CXERTBTUE GÉRPVOWQDULE.

____

____

FIN DE L'ENQUÊTE !

Écris ta conclusion de l'enquête :

______________________.

Nombre de vendeurs honnêtes : ______________________.

Nombre de vendeurs malhonnêtes : ______________________.

Solutions :

Indice n° 1 : Il y a un autre vase derrière le globe terrestre. Donc ce qu'elle dit est faux.

Indice n° 2 : Le perroquet de l'antiquaire. On voit que le perroquet de l'antiquaire a un bec, mais pas de dents. Donc ce qu'elle dit est faux.

Indice n° 3 : Un tableau représente la reine le jour de son couronnement. Sur un tableau on voit que la reine ne portait pas de collier le jour de son couronnement. Donc ce qu'il dit est faux.

Indice n° 4 : Le XVe siècle est une période de 100 ans qui a débuté le 1er janvier 1401. La date inscrite sur le livre est 1676. Ce livre a été écrit au XVIIe siècle. Donc ce qu'il dit est faux.

Indice n° 5 : Un des objets n'existait pas à cette époque. Sur le tableau il y a un téléphone. Cet objet n'existait pas au Moyen Âge. Donc ce qu'elle dit est faux.

Ils ont tous menti ! Nombre de vendeurs honnêtes : 0. Nombre de vendeurs malhonnêtes : 5.

ENQUÊTE 5

DISPARITION À LA TOUR DE LONDRES

QUI A KIDNAPPÉ LES CORBEAUX ?

Observe la scène et aide Sherlock Holmes, le docteur Watson et Voyou à démasquer le voleur de corbeaux.

ENQUÊTE 5

WATSON A RASSEMBLÉ LES PRISONNIERS ET LES GARDES POUR LES INTERROGER.

INDICE N°1

? Il y a des ______________________

sur le sol. Les ______________________

du garde sont ______________________.

Donc sa déclaration est ______________________.

Lis le rébus pour découvrir ce que le détective a vu.

____

____

INDICE N°2

Jeanne, la prisonnière, déclare qu'elle était enfermée dans la cage et qu'un garde vient de la faire sortir. Vois-tu un détail sur la cage qui pourrait nous aider à vérifier cette information ?

Sur la cage il y a un ____________ ____________ qui vient de ____________.

Donc ce qu'elle dit est ____________.

Commence par la lettre colorée et lis le message en tournant :

E	B	O	R	A	
E	D	T	U	S	
S	E	**U**	O	E	
T	T	N	B	D	
D	I	S	S	U	
E	C	H	I	R	E

____

INDICE N°3

C'est moi qui lui ai ouvert ! Il n'y a jamais de problème avec les prisonniers, ils obéissent.

Tu vas trouver facilement si c'est lui qui l'a fait sortir. Mais regardons le garde d'un peu plus près, car un détail m'intrigue...

Le cadenas de la cage a une forme de ____________. Le garde a une clé en forme de ____________. Il dit qu'il n'y a pas de problème avec les prisonniers, pourtant on voit des ____________ sur sa ____________.

Chaque série de bâtonnets correspond à la place d'une lettre dans l'ordre alphabétique :
I = A, II = B, III = C, IIII = D, ~~IIII~~ = E...

~~IIII~~ II
~~IIII~~ ~~IIII~~ ~~IIII~~ III
~~IIII~~ IIII
~~IIII~~ I
~~IIII~~ I
~~IIII~~ ~~IIII~~ ~~IIII~~ ~~IIII~~ I
~~IIII~~ ~~IIII~~ ~~IIII~~ III
~~IIII~~
~~IIII~~ ~~IIII~~ ~~IIII~~ IIII

____

ENQUÊTE 5

INDICE N°4

Nous n'avons rien le droit de dire, mais les corbeaux sont très intelligents. Même s'ils ne parlent pas, ils savent se faire comprendre.

Pourquoi dit-il qu'ils sont intelligents ? Est-ce que les corbeaux ont trouvé le moyen de nous donner un indice ? Aide Voyou à trouver le message des corbeaux.

? Il y a des ______________________

qui forment une ______________________.

Leur position indique______________.

Place les bandes de papier dans le bon ordre pour former des mots.

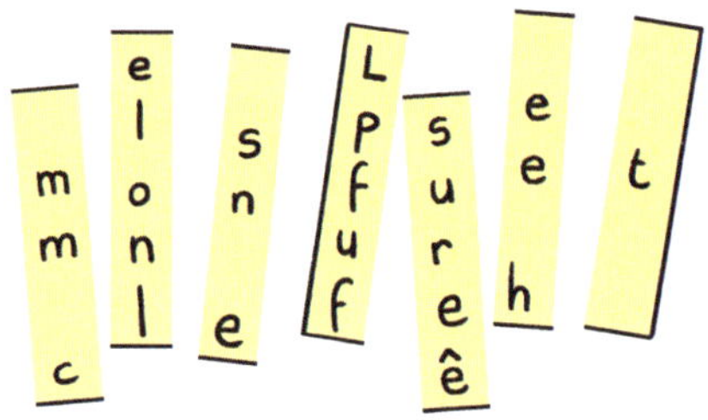

____

INDICE N°5

Un garde est très suspect, mais il n'est peut-être pas le seul dans le coup. Comment vérifier l'information que nous ont donnée les corbeaux ? Ce serait la clé de ce mystère...

? Le garde qui s'appelle ______________________

a la ______________________ du ______________________.

Trouve la lettre qui correspond à chaque phrase.

Je suis dans le secret, mais pas dans le mystère.

Je suis dans la police et la loi, mais pas dans une mission.

Je suis dans une énigme et une réponse, mais pas dans un miroir.

____

____

FIN DE L'ENQUÊTE !

Le garde ______________ a attrapé les corbeaux avec ______________. Les oiseaux se sont débattus et lui ont ______________.

Son complice est ______________.

On peut libérer les corbeaux qui sont dans ______________.

Cache la moitié de chaque symbole pour découvrir les lettres.

____

____

Solutions :

Indice n° 1 : Autour des douves il y a de la boue. (Eau – tour – dé – D' – houx – V' – œufs – île – I – A – deux – la – B' – houx). Il y a des empreintes sur le sol. Les bottes du garde sont sales. Donc sa déclaration est vraie.

Indice n° 2 : Un bout de tissu de sa robe est déchiré.

Sur la cage il y a un bout de tissu qui vient de la robe de Jeanne. Donc ce qu'elle dit est vrai.

Indice n° 3 : (7 = G, 18 = R, 9 = I, 6 = F, 6 = F, 21 = U, 18 = R, 5 = E, 19 = S).
Le cadenas de la cage a une forme de cœur.
Le garde a une clé en forme de cœur. Donc, il a ouvert la cage.

Il dit qu'il n'y a pas de problème avec les prisonniers, pourtant on voit des griffures sur sa main.

Indice n° 4 : Les plumes forment une flèche. Leur position indique le coffre.

Indice n° 5 : Clé. Le garde qui s'appelle Steve a la clé du coffre.

Un corbeau a perdu une plume dans le filet.

Le garde James a attrapé les corbeaux avec un filet. Les oiseaux se sont débattus et lui ont griffé la main. Son complice est Steve. On peut libérer les corbeaux qui sont dans le coffre.

ENQUÊTE 6

VOL SUR LES BORDS DE LA TAMISE

QUI EST LE VOLEUR ?

Observe la scène et aide Sherlock Holmes, le docteur Watson et Voyou à démasquer le voleur.

Monsieur le détective, docteur Watson, venez vite ! Quelqu'un a volé la canne de cet homme, apparemment elle aurait une grande valeur !

ENQUÊTE 6

WATSON A RASSEMBLÉ LES SUSPECTS D'APRÈS LES PREMIÈRES INVESTIGATIONS DU POLICIER.

PAT RÉLOIN | AMANDINE OZOR | ÉRIC HOCHET | BETH RAVE | GUY TAR

INDICE N°1

? Il y a un ______________________.

______________ a le même ______________,

donc on peut l'éliminer.

Trouve la voyelle qui correspond à chaque symbole pour compléter ces mots.

L✱S B✫✤Q✤✱TS D✤ FL✱✤R✦ST✱.

____

____

____

INDICE N°2

? Il y a une ________________. Le ________________ coincé dans la ________________ appartient à ________________, donc on peut l'éliminer.

Barre les syllabes qui forment les mots de la liste. Les cases restantes feront apparaître deux informations que Watson a repérées.

TA	POR	CA
MI	CAN	TIÈ
LON	RE	LÈ
FOU	SE	NE
CHE	DRES	LARD

CALÈCHE
CANNE
LONDRES
TAMISE

____

____

INDICE N°3

? ________________ est ________________ la victime. On peut l'éliminer.

Garde uniquement les lettres écrites en minuscule pour découvrir les questions que se pose le détective.

LUqIEuLiLEeEsUXTtOdUSeCrOUPrAi BLèErOeU ?

IqNNuiOeCsENtSdUSePvEaCTSnt ?

____

ENQUÊTE 6

INDICE N°4

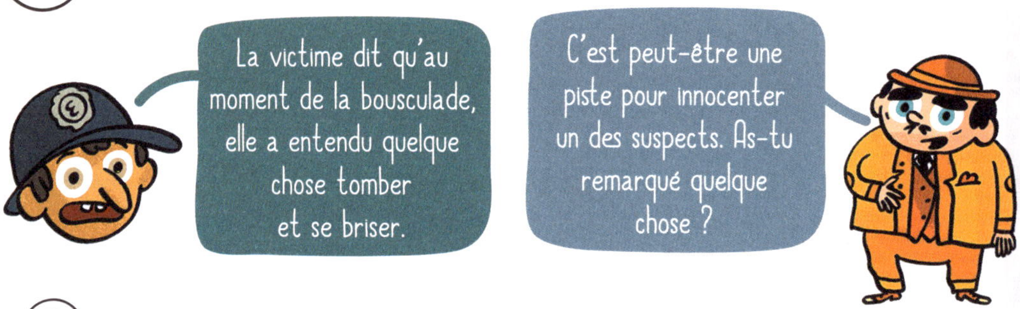

Il y a des ________________ cassées. ________________ en porte ; elles ne sont donc pas à lui. On peut l'éliminer.

Relie les lettres entre elles en suivant la direction de chaque flèche pour former une phrase. Commence par la lettre colorée.

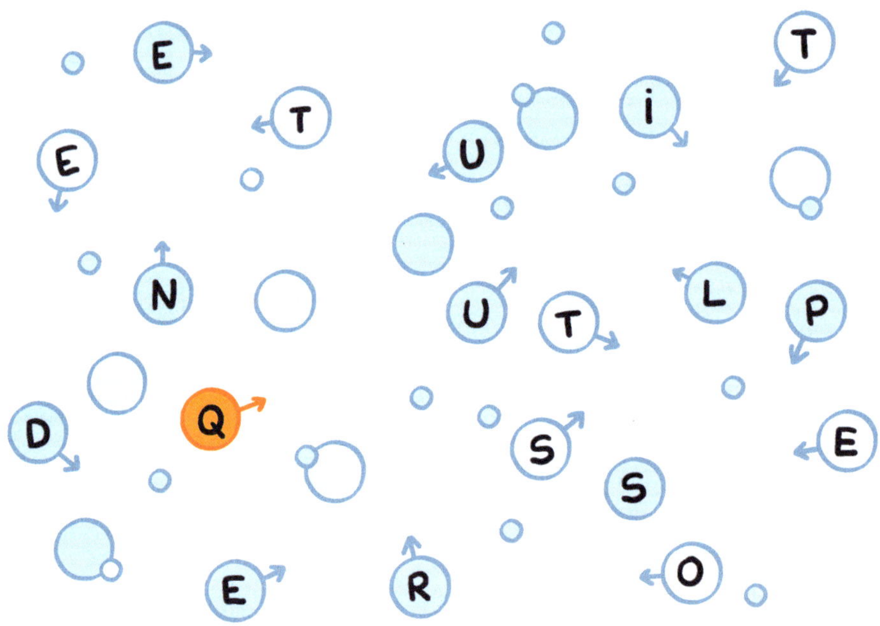

____

____

FIN DE L'ENQUÊTE !

____________________ est le coupable.

La canne se trouve dans ____________________.

Aide-toi des tirets pour écrire les mots dans le bon ordre.

EN LANCÉE IL POUR L'AIR. CANNE, LA L'A CACHER

- - - - - - - - - - - - - - - - -, - - -'- -

- - - - - - - - -'- - - -.

Solutions :

Indice n° 1 : Les bouquets du fleuriste.
Il y a un fleuriste. Beth Rave a le même bouquet, donc on peut l'éliminer.

Indice n° 2 : Portière. Foulard. Il y a une calèche. Le foulard coincé dans la portière appartient à Amandine Ozor, donc on peut l'éliminer.

Indice n° 3 : Qui est derrière ?
Qui est devant ?
Éric Hochet est devant la victime.

Indice n° 4 : Qui porte des lunettes ?
Il y a des lunettes cassées. Pat Réloin en porte. Elles ne sont donc pas à lui. On peut l'éliminer.

Pour cacher la canne, il l'a lancée en l'air.

Guy Tar est le coupable. La canne se trouve dans un arbre.

ENQUÊTE 7

ENQUÊTE ÉPIQUE AUX COURSES HIPPIQUES

QUI A VOLÉ LE TICKET GAGNANT ?

Observe la scène et aide Sherlock Holmes, le docteur Watson et Voyou à démasquer le voleur et à trouver le ticket gagnant.

Monsieur Holmes, monsieur Watson, vous tombez bien ! Je suis miss Filippa Ri. J'ai parié sur le cheval qui a gagné la première course, mais je me suis fait voler mon ticket !
Je soupçonne la personne qui est passée à côté de moi, mais avec toute cette foule je ne la retrouve pas.

ENQUÊTE 7

MISS FILIPPA RI VA TENTER DE DÉCRIRE LA PERSONNE QU'ELLE A VU RÔDER AUTOUR D'ELLE.

INDICE N°1

? Il y a ____________ personnes __________ chapeau. Il reste ____________ suspects.

Complète cette pyramide inversée sachant que chaque nombre est le résultat de la soustraction entre les deux nombres juste au-dessus, par exemple : 30 – 16 = 14.
Dans la case colorée, tu auras le nombre de personnes que Watson a éliminées de la liste des suspects.

30	16	9	7
14	_	_	
_	_		
_			

INDICE N°2

Il y a ______________ avec un parapluie.

Il reste ______________ suspects.

Complète cette grille sachant que les chiffres de 1 à 6 doivent être sur chaque ligne, colonne et groupe de 6 cases. Tu découvriras dans la case colorée le nombre de personnes que Watson a trouvées.

1		3	2		6
	2	6	1	3	
2	3	5	4	6	
	1	4	3	5	2
5	4	2			3
3		1	5	2	

INDICE N°3

Il y a ______________ avec une sacoche.

Il reste ______________ suspects.

Trouve l'ombre qui correspond exactement à cette sacoche. Son numéro est le nombre de personnes que Watson a trouvées.

1 2 3 4 5

ENQUÊTE 7

INDICE N°4

Parmi les suspects restants, il y en a ______________ qui sont accompagnés. Il reste ______________ suspects.

Trouve le point commun entre ces nombres. La réponse est le nombre de personnes que Watson a trouvées.

deux – cinq – sept – huit – neuf – onze

Aide : compte les lettres.

____

____

FIN DE L'ENQUÊTE !

La personne qui a volé le ticket

se situe ______________________.

Le ticket est ______________________.

Vérifie ta réponse avec les notes du docteur Watson. Il a renversé de l'eau sur son carnet, réussiras-tu à lire les mots ?

____

____

Solutions :

Indice n° 1 : 2.
Il y a 2 personnes sans chapeau. Il reste 9 suspects.

30	16	9	7
14	7	2	
7	5		
2			

Indice n° 2 : Il y a 1 personne avec un parapluie. Il reste 8 suspects.

6	4	2	3	5	1
5	3	1	6	2	4
1	6	4	5	3	2
2	5	3	4	1	6
3	1	6	2	4	5
4	2	5	1	6	3

Indice n° 3 : 2. Il y a 2 personnes avec une sacoche. Il reste 6 suspects.

Indice n° 4 : 4. (Il y a 4 lettres dans chacun de ces nombres.)
Parmi les suspects restants, il y en a 4 qui sont accompagnés. Il reste 2 suspects.

Ce n'est pas un mouchoir, c'est le ticket !

La personne qui a volé le ticket porte un costume et un chapeau blancs. Le ticket est dans la poche de sa veste.

ENQUÊTE 8

QUEL BAZAR SUR LE TERRAIN DE FOOT !

QUI A VOLÉ LE SIFFLET DE L'ARBITRE ?

Observe la scène et aide Sherlock Holmes, le docteur Watson et Voyou à démasquer le coupable et à trouver le sifflet.

On arrête le match, quelqu'un m'a volé mon sifflet !

ENQUÊTE 8

WATSON A RASSEMBLÉ LES SUSPECTS D'APRÈS LES INFORMATIONS DE L'ARBITRE.

INDICE N°1

? Il manque une chaussure au joueur numéro ________. Sa chaussure est dans la main ________________.

Donc ce qu'il dit est ________________.

Chaque nombre donne la coordonnée horizontale, puis verticale d'une lettre. Exemple : 13 = C, 52 = W.

45 - 33 - 43 - 45 - 35 - 35 - 34 - 42 - 44 - 15 - 42

	1	2	3	4	5
1	A	B	C	D	E
2	F	G	H	IJ	K
3	L	M	N	O	P
4	Q	R	S	T	U
5	V	W	X	Y	Z

INDICE N°2

? Le joueur numéro ______ était remplaçant. Il était ______________.

Suis le fil de chaque lettre pour les écrire dans le bon ordre.

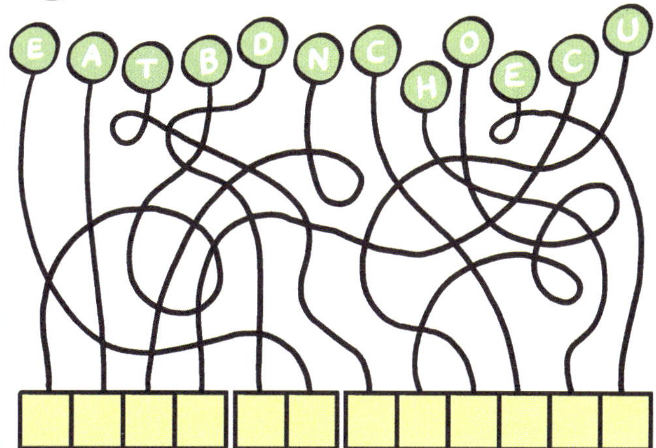

INDICE N°3

? Le joueur numéro ______ est assis ______

et il se ______________ la tête.

Sa déclaration est ______________.

Lis ce rébus pour découvrir ce que le détective a repéré.

____

ENQUÊTE 8

INDICE N°4

Le joueur numéro ________ semble chercher quelque chose.

Le ballon se trouve dans le __________ juste à côté de ______________.

Numérote les bandes du dessin dans le bon ordre et écris les lettres dans le même ordre pour découvrir l'indice.

INDICE N°5

Complète le numéro, puis barre la mauvaise proposition : Le joueur numéro ______ était présent / absent. Le joueur numéro ______ était présent / absent.

Recule chaque lettre d'une place dans l'ordre alphabétique pour découvrir ce qu'il a constaté.

VO TFVM EFT EFVY TVTQFDUT FUBJU MB.

____

FIN DE L'ENQUÊTE !

Le coupable s'appelle ______________________,

c'est le joueur numéro __________.

Le sifflet est devant ______________________.

Écris les lettres dans le bon sens pour découvrir ce que le détective a repéré.

IL REGARDE
LE SIFFLET.

____

____

Solutions :

Indice n° 1 : Un supporter.
Il manque une chaussure au joueur numéro 5. Sa chaussure est dans la main d'un supporter. Donc ce qu'il dit est vrai.

Indice n° 2 : Banc de touche.
Le joueur numéro 8 était remplaçant. Il était sur le banc de touche.

Indice n° 3 : Assis par terre.
(As – scie – part – Terre.)
Le joueur numéro 10 est assis par terre et il se frotte la tête. Sa déclaration est vraie.

Indice n° 4 : Public.
Le joueur numéro 13 semble chercher quelque chose. Le ballon se trouve dans le public juste à côté de la dame qui tient un drapeau.

Indice n° 5 : Un seul des deux suspects était là.
Le joueur numéro 15 était absent. Le joueur numéro 11 était présent.

Fin de l'enquête : Il regarde le sifflet.

Le coupable s'appelle Marco Lectif, c'est le joueur numéro 11. Le sifflet est devant la cage de but.

ENQUÊTE 9

DISPARITION AU CHÂTEAU DE LEEDS

OÙ EST PASSÉ LE CHIEN DE LA PRINCESSE LADY ?

Observe la scène et aide Sherlock Holmes, le docteur Watson et Voyou à démasquer le coupable et à trouver le chien royal.

Monsieur Holmes ! Quelle horreur, mon chien Trésor a disparu ! Je l'ai entendu aboyer comme quand il se défend, il a dû blesser le coupable. Ce n'est pas la première fois que quelqu'un essaye de le kidnapper !

ENQUÊTE 9

WATSON A RASSEMBLÉ LES SUSPECTS QUI ONT TOUS UNE BLESSURE.

INDICE N°1

Il y a bien des rosiers. On voit ______________

à côté des ______________.

Le sécateur est ______________.

Donc ce qu'elle dit est ______________.

Relie les lettres d'une même couleur dans l'ordre croissant de leur taille. Tu découvriras deux mots.

____

INDICE N°2

Je donnais du pain au cygne quand il m'a attaqué, puis mordu.

Voyou, je crois que c'est une mission pour toi ! Trouve l'indice qui permettra de savoir si le jardinier s'est fait mordre par le cygne ou par le chien Trésor.

? Un cygne a un bout de ______________________

dans ____.

C'est le même que celui de ___________________.

Trace les traits des deux quadrillages pour découvrir deux mots.

INDICE N°3

Et vous, que vous est-il arrivé ?

Je taillais la haie quand je me suis fait piquer par une abeille. J'ai lâché mes cisailles et je me suis éloignée.

Je me demande s'il y a bien une abeille dans le jardin... Cherchons-la ! Peut-être retrouverons-nous aussi les cisailles.

? Il y a __________________ sur __________________.

Il y a __________________ dans __________________.

Dans chaque mot, barre les lettres qui sont dédoublées.

BBFHHLAAEGGUSSRII GGJRRAPPUOONBBEDD.

____

____

ENQUÊTE 9

INDICE N°4

? Il y a un pot de fleur cassé derrière ______________________.

La dernière lettre de chaque mot a été inversée avec la première lettre du mot suivant. Remets-les dans l'ordre pour découvrir cette information.

ead serrièru ee nmploym, éaid serrièru ena eutrp eersonnP.

____

____

INDICE N°5

? Le râteau est au pied de ______________________.

Le chapeau est ______________________

de ______________________.

Barre tous les aboiements de Voyou pour découvrir cet indice.

WOUFTOWOUFUTWOUF WOUFEWOUFN WOUFHWOUFAUWOUFT.

____

____

FIN DE L'ENQUÊTE !

Je crois que nous sommes allés trop vite. Il y a une des déclarations qui ne colle pas. Une femme dit qu'elle s'est coupée et pourtant j'ai un doute. Un détail a dû nous échapper. Relis les déclarations des suspects et trouve le détail manquant pour résoudre cette affaire. Et n'oublie pas de chercher Trésor !

__________ dit qu'elle a __________ et que c'est à ce moment-là qu'elle s'est blessée. Or, sur le sol, on voit __________. Donc ce qu'elle a dit est __________. C'est sûrement Trésor qui l'a blessée quand elle a essayé de l'attraper. Il s'est réfugié sous __________.

Colorie uniquement les cases avec un seul point.
Tu découvriras le dessin de Watson.

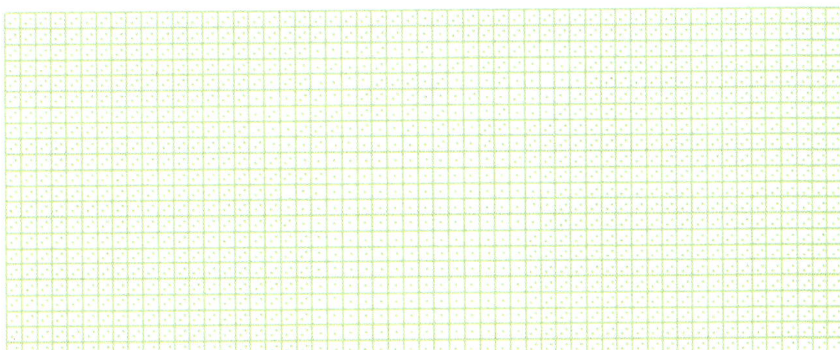

Solutions :

Indice n° 1 : Pétales. Herbe. Il y a bien des rosiers. On voit des gouttes de sang à côté des pétales. Le sécateur est dans l'herbe.

Indice n° 2 : Bec. Veste. Un cygne a un bout de tissu dans son bec. C'est le même que celui de la veste de Lucas Nard.

Indice n° 3 : Fleur jaune. Il y a une abeille sur une fleur jaune. Il y a des cisailles dans l'herbe, juste à côté.

Indice n° 4 : Pas derrière un employé, mais derrière une autre personne. Il y a un pot de fleur cassé derrière la princesse Lady.

Indice n° 5 : Tout en haut. Le râteau est au pied de l'arbre. Le chapeau est tout en haut de l'arbre.

Fin de l'enquête : Un pot de fleur.

Sarah Pelle dit qu'elle a TOUT ramassé et que c'est à ce moment-là qu'elle s'est blessée. Or, sur le sol, on voit les morceaux du pot de fleurs. Donc ce qu'elle a dit est faux. (Elle n'a pas tout ramassé.) C'est sûrement Trésor qui l'a blessée quand elle a essayé de l'attraper. Il s'est réfugié sous les fleurs de couleur blanche.

ENQUÊTE 10

SACCAGE À L'UNIVERSITÉ D'OXFORD

QUI A VOLÉ LE LIVRE LE PLUS ANCIEN DE LA BIBLIOTHÈQUE

Observe la scène et aide Sherlock Holmes, le docteur Watson et Voyou à démasquer le voleur et à trouver le précieux livre.

Messieurs, merci d'être venus. L'heure est grave. Un ou une de nos étudiants a volé le livre le plus ancien de la bibliothèque. Le professeur Bogue surveillait la salle à ce moment-là.
Je m'étais assoupi. J'ai été réveillé en sursaut par le bruit de livres qui tombaient. J'ai fermé la porte à double tour pour que personne ne sorte et je suis allé chercher le directeur.
C
D
E
F

ENQUÊTE 10

WATSON A RASSEMBLÉ LES SUSPECTS D'APRÈS LES INFORMATIONS DONNÉES PAR LE PROFESSEUR.

INDICE N°1

? Sur ______________ on voit un livre avec un grand ____________. Il y a des lunettes sous ____________. Son alibi est __________.

Barre tous les N, D, Q, F et L pour découvrir l'indice de Watson.

N	L	H	D	Q	N	F	L	F	N	D
L	Q	D	N	F	I	N	Q	D	F	L
N	L	D	S	F	L	T	Q	O	F	Q
N	D	L	I	Q	L	R	N	D	Q	E

____

INDICE N°2

Il y a ______________ rangés côte à côte,

dans la colonne ______________. Son alibi

est ______________________.

Utilise la grille de décodage pour lire ce message en morse.

-.. .- -. ... / .-.. .- / -.-. --- .-.. --- -. -. . / -...

A	B	C	D	E	F	G	H	I	J	K	L	M	N
.-	-...	-.-.	-..	.	..-.	--.	....	..	.---	-.-	.-..	--	-.

O	P	Q	R	S	T	U	V	W	X	Y	Z
---	.--.	--.-	.-.	...	-	..-	...-	.--	-..-	-.--	--..

____

INDICE N°3

Dans le tas de livres, il y a une ______________

cachée sous un livre ______________________.

Il faut donc éliminer ______________ qui a

encore la sienne.

Watson a dessiné Voyou allant jusqu'au tas de livres. Trouve le bon chemin et relève les lettres au fur et à mesure pour découvrir ce que Voyou a repéré.

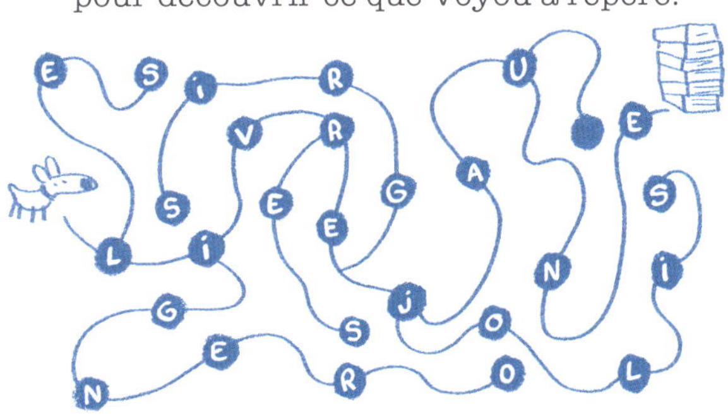

ENQUÊTE 10

INDICE N°4

Il y a un ____________ de l'université sur un livre ______________________.

Il faut donc éliminer ______________ qui a toujours le sien sur sa ________________.

Superpose les lettres des deux lignes pour découvrir ce que Voyou a repéré.

U. é.u.s.n .u. r.p.é.e.t. l.s .r.o.r.e. d.
l'.n.v.r.i.é .'e.t .é.o.s. d. l. v.s.e .'u. é.u.i.n.

.n .c.s.o. q.i .e.r.s.n.e .e. a.m.i.i.s .e
.'u.i.e.s.t. s'.s. d.c.u.u .e .a .e.t. d'.n .t.d.a.t

____

____

____

FIN DE L'ENQUÊTE !

Le coupable est ______________________

____.

Le précieux livre est caché sous ______

____.

Vérifie ta réponse avec les notes du docteur Watson. Trouve la place de chaque mot dans cette grille et relève les lettres des cases colorées.

BIBLIOTHÈQUE
BUREAUX
CHAISE
LIVRE
UNIVERSITÉ

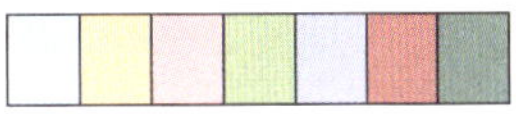

Solutions :

Indice n° 1 : Histoire.
Sur une table on voit un livre avec un grand H. Il y a des lunettes sous une écharpe. Son alibi est vrai.

N	L	H	D	Q	N	F	L	F	N	D
L	Q	D	N	F	I	N	Q	D	F	L
N	L	D	S	F	L	T	Q	O	F	Q
N	D	L	I	Q	L	R	N	D	Q	E

Indice n° 2 : Dans la colonne B. Il y a 3 livres bleus rangés côte à côte, dans la colonne B. Son alibi est vrai.

Indice n° 3 : Livre jaune. Dans le tas de livres, il y a une écharpe cachée sous un livre jaune. Il faut donc éliminer Thérèse Ponsable qui a encore la sienne.

Indice n° 4 : Un écusson qui représente les armoiries de l'université s'est décousu de la veste d'un étudiant.
Il y a un écusson de l'université sur un livre bleu. Il faut donc éliminer Firmin Ternette qui a toujours le sien sur sa veste.

Fin de l'enquête : Le coupable est Candy Tu. Le précieux livre est caché sous un coussin, sur un fauteuil.

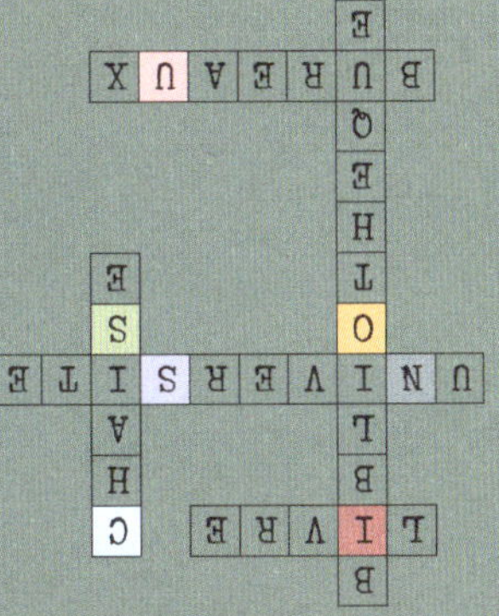

Accompagne Sherlock Holmes dans d'autres aventures !

Direction de la publication : Sophie Chanourdie
Édition : Anne Létoré
Suivi artistique : Mélissa Chalot
Mise en pages : Karine Nayé
Fabrication : Émilie Peyrou

21, rue du Montparnasse – 75006 Paris
ISBN : 978-2-03-605239-0
Imprimé en RPC
Dépôt légal : octobre 2024
336372-01/11055300 – septembre 2024

TU AS RÉSOLU TOUTES LES ÉNIGMES ?

Dans ce cas, il est temps de compléter ton diplôme !

DIPLÔME DU PARFAIT ENQUÊTEUR

Remis à ....

....

....

Avec les remerciements de
Scotland Yard et,
bien sûr, de *Sherlock Holmes*